Wünsche sind wie Wind und Regen

Rita Dautzenberg

Wünsche sind wie sind wie Wind und Regen

Eine Erzählung aus dem Iran

Bibliografische Information der Deutschen Nationalbibliothek
Die Deutsche Nationalbibliothek verzeichnet diese Publikation
in der Deutschen Nationalbibliografie; detaillierte bibliografische
Daten sind im Internet über http:// dnb.d-nb.de abrufbar.

© 2010 Rita Dautzenberg
Umschlagdesign, Satz, Herstellung und Verlag:
Books on Demand GmbH, Norderstedt

ISBN 978-3-8391-7521-7

Der Mann hockte hinter einer Mauer aus übereinandergelegten Steinen, spähte in die Talsenke und zum Fluss hinunter, der seine eisigen Wasser schäumen ließ.

In dieser von Hirten errichteten Siedlung – von hier aus trieben sie im Sommer ihre Schafe und Ziegenherden in die Berge – fühlte er sich vorerst einmal sicher.

Sicher – was hieß das schon? Wo konnte man in diesem Land sicher sein?

Kasem musste versuchen, so schnell wie möglich weiterzukommen. Es war März, hier im Gebirge lag noch Schnee und Eis. Doch die Sonne strahlte schon sehr warm; wo sie hinschien, war der Schnee geschmolzen. Manche Hirten kamen früh im Jahr, um ihre Häuser in Ordnung zu bringen, die Dächer auszubessern und das von Stürmen zerstörte Mauerwerk zu flicken.

Sie würden ihn nicht verjagen. Bei den Nomaden galt immer noch das alte Gastrecht, das wusste er. Doch sie würden Fragen stellen und mit der Zeit herausfinden, warum er hier war.

Ein gesuchter politischer Flüchtling wie er war vogelfrei.

Sie konnten ihn verstecken oder verraten. Es kam darauf an, ob sie für oder gegen das Regime waren. Er war dagegen! Ja, er hasste alles, was mit dem neuen Staat zusammenhing. Das Einzige, was bisher geschehen war, war Revolution und Krieg!

Die Studenten an der Universität der Hauptstadt waren zunächst geteilter Meinung gewesen, abwartend die einen, weil ihre Familien unter dem alten Regime ein sorgloses Leben geführt hatten, begeistert vom Umbruch diejenigen, deren Angehörige von der ehemaligen Geheimpolizei gefoltert worden und zugrunde gegangen waren in einem der fast immer überfüllten Gefängnisse.

Mahner gab es von Anfang an, doch keiner beachtete sie, ja sie wurden sogar verlacht. Bei Allah – endlich war das Land frei, und sie würden alle etwas Großes, Umwerfendes daraus machen.

Doch bald hatten sie schweigen gelernt, als sie sahen, wie »der Alte« und seine religiösen Führer systematisch mittelalterliche Verhältnisse einführten.

Freiheit! Was hatten sie sich eigentlich darunter vorgestellt? Freiheit – die gab es jetzt erst recht nicht mehr. Die Menschen wurden unterdrückt und geknechtet. Die Intelligenz verließ fluchtartig das Land. Die Männer und Frauen gingen nach Europa oder in die USA und ließen alles, was sie besaßen, zurück. Auch ein großer Teil des Mittelstandes war schon im Aufbruch.

Es blieb die arme Bevölkerung, die Menschen aus den Slums, denen es noch nie im Leben gut gegangen war, gleichgültig, unter welchem Regime. Sie fragten nicht, wer regiert, sie kennen nur eine Sorge: Wer gibt uns zu essen?

Einmal keine hungrigen Kinderaugen mehr sehen, keine wimmernd hochgereckten dürren Ärmchen oder die fast schon erloschenen, in ihr Schicksal ergebenen Augen der Alten.

Reis und Tee, Mehl und Zucker ließ »der Alte« in den Moscheen verteilen. Die Massen drängten sich, drückten sich fast zu Tode, aus Angst, nichts mehr zu bekommen. Glücklich zogen sie heim, wenn sie ihre Ration erhalten hatten. Doch die Erwartung, dass dieser Segen andauern würde, erfüllte sich nicht.

Mit Speck fängt man Mäuse, – dann läßt man sie zappeln und – sterben.

Die Hoffnung auf weitere Lebensmittel ließ sie immer wieder auf die Straße gehen, fanatisch demonstrierend. Andachtsvoll und glücklich lauschten sie den brabbelnden Reden »des Alten«, die über Lautsprecher auf den Straßen der Stadt zu hören waren.

Überraschend kam es zum Krieg mit dem Nachbarland. Die Studenten begriffen, dass ihr Traum von der Freiheit ausgeträumt und zerronnen war, bevor er richtig begonnen hatte.

Sie rotteten sich zusammen, bildeten bald eine einzige große Widerstandsbewegung. Sie arbeiteten im Untergrund, verteilten Flugblätter, klebten Aufrufe an Fassaden, wurden verfolgt, gejagt, gefangengenommen und gefoltert.

Warum nur hatte er sich gestern Abend so hinreißen lassen? Sie waren alle in der Universität zusammengekommen, um einen neuen Lehrplan aufzustellen, damit jeder seine Studien fortsetzen und beenden könne.

»Freunde«, hatte er gerufen, »Freunde, diese Regierung treibt unser Land in einen Abgrund, an dessen Rand wir uns schon lange befinden. ›Der Alte‹ und seine Mitläufer reden und reden und benutzen den Krieg gegen das Nachbarland, um von Missständen im eigenen Land abzulenken. Sie allein sind die Schuldigen, nur sie. Freunde …«

In diesem Moment sah er die Revolutionssoldaten an der Eingangstür des Saales. Ihre Maschinenpistolen im Anschlag, kamen sie direkt auf ihn zu.

Sie fühlten sich stark, seitdem sie eine Waffe trugen. Endlich hatten sie die Macht – endlich!

Wie hypnotisiert starrte er sie an, wurde plötzlich zurückgerissen, Hände zerrten und schoben ihn in die Menge hinter ihm, die sich öffnete und wieder schloss, als hätte es ihn nie gegeben.

Einer stürmte mit ihm hinaus in die Nacht. Die Stadt war wegen der feindlichen Flieger verdunkelt, das war seine Rettung!

Aus den Augenwinkeln erkannte er, dass es Masud war, der mit ihm rannte. Sie verlangsamten ihre Schritte, liefen in eine Seitenstraße und lehnten sich hechelnd und nach Luft ringend an eine Mauer.

»Du bist verrückt«, stieß Masud hervor, »wie konntest du dich nur so hinreißen lassen?«

»Ich musste es einfach sagen«, verteidigte er sich. »Irgendeiner musste es einmal tun. Verstehst du das nicht? Alles geheime Planen nützt nichts, wenn keiner wagt, öffentlich zu mahnen und aufzurufen. Wir haben Gleichgesinnte, ja – aber an der Bevölkerungszahl gemessen ist das ein verschwindend kleiner Haufen. Es müssen mehr werden – es sollten alle sein!«

Vorsichtig schlichen sie weiter und näherten sich nach kurzer Zeit einer der breiten Straßen, die die Hauptstadt von Norden nach Süden durchzogen.

»Du musst weg«, flüsterte Masud. »Sofort! Sie werden dich suchen und jagen, das ist dir doch klar?«

»Ja.«

»Du weißt, was es bedeutet, wenn sie dich kriegen?«

»Ja.«

»Du musst weg, aber wohin?«

»In die Türkei«, sagte Kasem bestimmt, so, als wäre es der Weg nach Hause.

»Das will genau überlegt und geplant sein«, murmelte Masud, packte Kasem heftig am Arm und zog ihn in den nächsten Hausflur. Dort verharrten sie regungslos. Schritte kamen näher – sie hielten den Atem an –, aber es war nur ein Zeitungsjunge.

Hörbar stieß Kasem die Luft aus.

»Geh zurück zu den anderen, Masud«, bat er den Freund. »Sie werden sich Sorgen machen. Ich kann nur hoffen, dass keiner verhaftet wurde. Geh, Masud, ich finde schon einen Weg. Versuche, meine Eltern zu benachrichtigen. Ich fliehe nach Westen.«

ટ

So leicht hatte sich das dahingesagt, doch als Masud gegangen war, kam er sich verlassen vor und hatte Angst – in der Hauptstadt seines eigenen Landes …

Er war auf einen geparkten Lastkraftwagen geklettert und hatte sich unter der Plane verkrochen. Damit hatte er genau das Falsche getan, denn der Wagen war nach Norden gefahren, und er hatte nach Westen, zur türkischen Grenze, gewollt.

Nun war es egal. Er war hier und musste sehen, wie es weitergehen würde.

Mit der Polizeikontrolle, das war schon ein verdammtes Glück gewesen. Sie schauten nur in die Wagenpapiere des Fahrers, ihn hatten sie nicht entdeckt. Es hätte für den unschuldigen Fahrer und seinen Kollegen, die ja von ihm unter der Plane nichts wussten, schlimm ausgehen können.

Vor einer der vielen Teestuben, die Tag und Nacht geöffnet waren, hatten die beiden später den Wagen geparkt, um sich mit einer Tasse Tee zu erwärmen und aufzumuntern. Rasch war er herausgeklettert und hatte sich durch die Berge bis hierher durchgeschlagen.

In der Morgendämmerung hatte er entdeckt, dass in der Nähe ein Camp mit Ausländern sein musste, die weiter oben in den Bergen auf einer Baustelle arbeiteten. In Jeeps und Landrovern waren sie am Morgen auf der Straße hinauf ins Gebirge gefahren und am Mittag wiedergekommen, desgleichen am Nachmittag und am Abend.

Etwas weiter die Straße hinunter saßen Revolutionssoldaten hinter einem Schlagbaum und kontrollierten jeden, der zum Camp kam oder es verließ.

Vor denen musste er sich in Acht nehmen. Es konnte sein, dass seine Fahndung schon eingeleitet worden war und sie sein Foto und seine Daten hatten. Irgendeinen hatten sie mit ihren Methoden bestimmt zum Reden gebracht, dann wussten sie alles, was sie brauchten, um ihn zu fangen.

Doch wie sollten sie ahnen, dass er sich in diesen Mauern versteckt hielt?

Heute Nacht wollte er versuchen, unten im Dorf etwas zu essen zu bekommen. Sein Magen schmerzte vor Hunger. Noch musste er durchhalten. Er würde stehlen müssen. Das ging nur nachts. Seinen Durst hatte er tagsüber mit Schnee gestillt.

Eine Elster flog keckernd neben ihm auf.

Er warf sich hinter eine Mauer.

Verflucht, jetzt erschreckte ihn schon ein harmloser

Vogel. Seine Nerven gingen mit ihm durch, er zitterte am ganzen Körper. Das ständige Auf-der-Hut-Sein machte ihn nervös.

ℓ

Nachts kletterte er über eine steile Felswand ins Tal. Er orientierte sich an den schwachen Lichtern der Tee- und Kebabstuben.

Von hinten schlich er sich an ein niedriges Gebäude heran, in dem er Schafe, Ziegen und Hühner vermutete. Beim Gedanken an ein frisches Ei lief ihm das Wasser im Munde zusammen.

Zu spät hörte er das gefährliche Knurren, da sprang ihn der Hund schon an. Spitze Zähne drangen durch seine Windjacke und durch sein Hemd tief ins Fleisch des linken Unterarmes.

Er stöhnte vor Schmerz auf, drohte umzusinken, dann griff er zu. Seine Rechte packte den Hund an der Kehle und drückte mit einer Kraft, die nur Todesangst verleiht, so lange zu, bis die Zuckungen des Tierkörpers nachließen und der Hund schlaff in sich zusammensank.

Noch steckten die Zähne in seinem Arm. Zu sehr hatte das Tier sich in seiner Beute verbissen. Er versuchte, die Zähne zu lösen, glaubte, die Schmerzen nicht ertragen zu können. Doch es gelang ihm. Er spürte den warmen Blutstrom aus der Wunde und dachte: »Soll sie ruhig ausbluten, dann gibt's keine Infektion, zumindest keine schlimme.« Dann wurde er ohnmächtig.

ℓ

Das Blöken eines Schafes weckte ihn. Er fror, gleichwohl war sein Körper mit Schweiß bedeckt. Die Bergnacht war kalt. Er drückte sich eng an ein Schaf, um etwas Wärme zu fühlen. Sein Arm brannte höllisch. Er versuchte aufzustehen. Die Beine knickten immer wieder weg. Halt suchend griff er mit der rechten Hand in etwas Kühles, Weiches, rieb die Finger gegeneinander, fühlte etwas Fettiges: Joghurt! Tief beugte er sich über den Trog. Ach, dieser herrliche Geruch. Das war für ihn die Rettung. Er fiel auf die Knie, kippte mit der gesunden Hand den Trog, trank, so viel er schlucken konnte, und lehnte sich gesättigt zurück. Fettige weiße Klumpen tropften von seinem Kinn. Er bemerkte es nicht, fühlte sich gestärkt, versuchte aufzustehen, diesmal gelang es, aber unter unerträglichen Schmerzen. Er biss die Zähne zusammen, um seine Schreie zu ersticken, schob den verwundeten Arm in seine Windjacke und knöpfte sie zu, damit der Arm Halt hatte. Mit der rechten Hand tastete er sich an der Wand entlang, bis er den Ausgang fand.

Über die Felswand zu steigen war mit dem Arm unmöglich. Also umging er am Fuße des Berges das Massiv, vermied es, aus dem Schatten zu treten, orientierte sich an den Sternen und kam nach einem langen Umweg wieder zu der Siedlung.

Er hatte es geschafft!

Langsam sank er in die Knie, kroch so bis zur Mauer, sackte dort irgendwo zusammen, blieb liegen und schlief trotz Schmerzen und Kälte vor Erschöpfung ein.

Die Kälte weckte ihn wieder. Sie war ihm bis ins Mark gedrungen, er hatte das Gefühl, ein Eisblock zu sein. Seine Zähne schlugen aufeinander. Schmerzen rasten durch die Wunde, stachen, brannten und bohrten, als wolle der Arm platzen.

Beim Versuch aufzustehen stöhnte er, glaubte, es nie mehr schaffen zu könne, fiel zurück, lag keuchend da, Tränen rannen ihm übers Gesicht. Schluchzend befahl er sich: »Du musst hoch, musst zum Stall oder in eine der Hütten gehen, dort ist es wärmer, dort bist du vor dem eisigen Wind geschützt!«

Sein Mund war trocken, die Lippen aufgesprungen, Fieber schüttelte ihn. Sein linker Arm rutschte aus der Windjacke. Er versuchte, ihn besser zu lagern. Es war eine Folter, doch es musste sein. Wenn er überleben wollte, durfte er sich nicht unterkriegen lassen.

Er stützte sich vorsichtig an der Mauer ab und schob sich höher. Im Osten meldeten die ersten Strahlen der aufgehenden Sonne den kommenden Tag. Tastend bewegte er sich an der Mauer vorwärts – hin zum leeren Stall mit dem strengen Schafgeruch und dem alten, vergammelten Mist. Das drang schon nicht mehr in sein Bewusstsein. Die quälenden, kaum noch zu ertragenden Schmerzen schalteten seine Sinne aus. In einer Ecke sank er auf einem alten Sack zusammen.

Mit dem Gefühl, beobachtet zu werden, erwachte er. Noch hielt er die Augen geschlossen. Durch eine wattige Stille drangen Geräusche an sein Ohr, die langsam wieder erstarben.

Ein wenig öffnete er die Lider. Nebelhafte Schwaden wogten vor seinen Augen, verschwommene, verzerrte Bilder. Ihm wurde übel, er schloss wieder fest die Augen, um das Gesehene festzuhalten.

Doch wie von selbst hoben sich erneut seine Lider – und jetzt war alles blau. Blau in allen Farbtönen. Glitzerndes Wasser in der Sonne formte sich zu großen Bällen, verwischte und verschwamm. Dahinter war wieder Nacht. Dunkel!

Beim dritten Versuch wurde das Bild klarer: Vor ihm stand ein Mädchen. Stumm stand sie da und betrachtete ihn. Sie trug die Kleidung der Nomaden. Um den Hals trug sie eine Kette aus blauen Glasperlen, auf einer Lederschnur aufgereiht, Talisman für Glück und Gesundheit. Das waren die blauen Bälle gewesen, die er gesehen hatte. Er versuchte zu lächeln, doch es wurde nur ein verzerrtes Grinsen in einem fieberheißen Gesicht.

Angst kroch in ihm hoch. Sind sie schon da? Mit ihren Herden?

»Du siehst krank aus, kann ich dir helfen?« Sie kniete neben ihm nieder.

»Bitte«, lallte er mit trockenem Mund, »bitte sage mir, bist du allein?«

»Aber ja«, nickte sie, »die anderen kommen später, ich schau nur nach dem Rechten.«

»Wie heißt du?«, fragte er mit heiserer Stimme, aber schon beruhigter.

»Miriam«, sagte sie und versuchte, ihn etwas aufzurichten.

»Miriam«, sagte er mühsam, seine Zunge klebte ihm am Gaumen, »ich bin geflohen, politisch … Sie suchen mich …« Sein Kopf sank schwer zur Seite.

Sie neigte sich zu ihm und flüsterte: »Ruhig, ganz ruhig, ich helfe dir. Hier bist du sicher. Jetzt zeig mir deinen Arm. Bist du schwer verwundet?«

»Unten … im Dorf … ein Hund … ich …« Stockend kamen seine Worte, er drohte, wieder ohnmächtig zu werden.

»Zeig schon her«, drängte das Mädchen und fasste zu, um den Arm aus der Jacke zu ziehen. Doch das ging nicht. Das Blut hatte den Stoff verkrustet und ihn hart gemacht. Entschlossen zog sie ein Messer aus ihrer Tasche und schlitzte den Ärmel von unten nach oben auf.

Beim Anblick der Wunden erschrak sie. Als sie den Arm etwas berührte, um sich die Wunden näher anzusehen, presste er die Luft ächzend zwischen den Zähnen heraus, um seinen Schrei zu unterdrücken.

Entsetzt starrte Miriam auf die Verletzungen, die die spitzen Zähne des Hundes gerissen hatten. Es sah grauenhaft aus. Stofffetzen steckten tief in den rot entzündeten, mit geronnenem Blut verkrusteten Löchern. Der Arm war unförmig angeschwollen, vorsichtig legte sie ihn nieder.

»Bleib liegen«, sagte sie sehr bestimmt, »rühre dich nicht von der Stelle, ich komme gleich wieder.«

Er wartete. Wartete Minuten, die zu Stunden wurden. Schon glaubte er, sie käme nie mehr, hätte ihn seinem Schicksal überlassen, da hörte er ihren leichten Schritt.

Vorsichtig trug sie einen Eimer voll Wasser herein und stellte ihn auf die Erde.

»Verzeih«, stieß sie, noch atemlos vom Laufen, hervor, »es dauerte so lange, weil ich das Wasser im Camp holen musste. Unsere Quellen sind noch zugefroren.« Sie verschwieg ihm, dass die Wachen gefragt hatten, wohin sie so schnell wolle. »Saubermachen, in einer Woche kommen unsere Leute mit den Herden«, hatte sie zurückgerufen und war weitergerannt.

Sie kniete nieder und wusch behutsam Blut und Schmutz von dem verwundeten Arm. Ruhig und sehr sanft arbeiteten ihre Hände. Etwas besser sahen die Wunden danach aus, aber nicht sehr viel. Der Arm war übel zugerichtet. Sie entschied: »Da muss der Doktor her!«

Kasem hörte die Worte nicht mehr, er war wieder in eine gütige Ohnmacht gesunken. Sie deckte ihn mit ihrem Schultertuch zu.

Minuten später warf er sich unruhig hin und her, redete wirres Zeug und schrie zwischendurch leise auf, wenn die Schmerzen in sein Bewusstsein drangen.

Sie ging, verriegelte die Tür von außen, schob noch einen großen Stein davor und rannte zur Straße.

Oh, Allah war mit ihr! Ein Jeep kam den Berg herauf. Sie winkte und wurde mitgenommen. Gestenreich und in gebrochenem Englisch erklärte sie dem Fremden, dass sie Medizin für ihren kranken Bruder holen müsse.

Der Fahrer des Jeeps, ein Ingenieur, der zur Baustelle fuhr, betrachtete sie interessiert. Sie war schön und rassig. Ein kühnes, klares Profil mit schmaler, gerader Nase, vollen Lippen, dichten Augenbrauen und langen seidigen Wimpern. Ihre Augen waren so blau wie die Glasperlen, die sie am Hals trug. Das verrutschte Kopftuch gab einen Blick auf ihr volles schwarzes Haar frei, das hinten in einem langen Zopf auf dem Rücken herabhing. Eng lag das Mieder des Kleides bis knapp unter der Brust, von dort fielen die weiten, schwingenden Röcke, die den stolzen und aufrechten Gang der Nomadinnen noch schöner, noch vollendeter machten.

Sie erreichten das Hospital. Nach rasch geflüstertem Dank lief sie auf flinken Füßen davon. Diese waren mit Stoff umwickelt, der von Lederriemen gehalten wurde.

Innerlich flehte sie: »Lass den Doktor da sein. Mit ihm kann ich reden, er spricht unsere Sprache.«

Seitdem ihr Großvater im vergangenen Jahr nach einem

schweren Unfall in den Bergen hier operiert und behandelt worden war, hatte sie grenzenloses Vertrauen zu dem fremden Doktor gefasst.

Und wieder war Allah gütig, drinnen lief sie dem Doktor direkt in die Arme.

Der Arzt sah die Erregung in ihrem Gesicht, ahnte, dass es um Wichtiges ging, und nahm sie mit in sein Büro.

Dort hörte er sich, ohne sie zu unterbrechen, ihre Geschichte an.

Er beruhigte sie. Versprach, den Fall zu behandeln. Doch Vorsicht war geboten: Erst in der Dunkelheit wollten sie sich an der großen Kurve der Straße treffen.

Kasem lag in unruhigem Schlaf. Miriam erschrak, als sie ihn berührte. Sein Körper glühte! Er erwachte, als sie ihn anfasste. Sie redete mit ihm wie mit einem kleinen Kind und erreichte, dass er etwas Wasser trank. Zwar lief die Hälfte der Flüssigkeit daneben, doch was machte das schon? Die Lippen und die Zunge wurden befeuchtet. Das allein war wichtig!

Er schrie auf, als sein Arm abrutschte. Sie hielt ihm schnell den Mund zu, denn in der Abendstille war jeder Laut doppelt deutlich zu hören.

Sie suchte und fand noch einige Sachen, um ihn wärmer zudecken zu können: alte Decken, Säcke, Fetzen und ihren Schal. Vorsichtig steckte sie seinen Arm vorn in sein Hemd und band zuletzt noch ihren Gürtel darüber.

Draußen war es dunkel. Der Himmel hatte sich mit Wolken bezogen, es würde regnen oder gar schneien. Sie legte seinen gesunden Arm um ihre Schultern, nahm einen knorrigen Bergstock und machte sich mit ihm auf den Weg.

Er stützte sich schwer auf sie, als sie zwischen den Felsen ihren Weg suchten. War es für Miriam schon schwierig, auf Eis und Schnee nicht auszugleiten, so war es für Kasem in seinem jetzigen Zustand eine Tortur. Doch Miriam ging zielstrebig weiter.

Auf einem alten Hirtenpfad, in dieser Jahreszeit kaum zu erkennen, tastete sie sich mit ihm vorwärts.

Der Weg verlief hinter den Felsen und war von der Straße nicht einzusehen. Sie wankten mehr, als sie gingen. Kasem stöhnte, wimmerte, drohte schließlich, laut zu schreien, so unerträglich schmerzte sein Arm, so heiß war sein fiebergeschüttelter Körper.

Plötzlich brach er zusammen und war nicht mehr zu bewegen, noch einen Schritt zu gehen. Miriams Bitten erreichten ihn nicht, drangen nicht mehr in sein Bewusstsein.

Sie sah ein, es hatte keinen Zweck, ihn weiterzutreiben. Sie ließ ihn liegen und rannte über die Hügel zur Straße, wo der Doktor gerade mit seinem Jeep in die Kurve einbog.

Er verstand sofort, als sie winkte, löschte die Lichter und fuhr langsam, nur nach dem Gefühl, zwischen die Felsen.

Gemeinsam holten sie Kasem, schleppten, zogen, trugen ihn, endlich lag er mehr, als er saß, hinten im Wagen, den Kopf in Miriams Schoß. Ein menschliches Bündel.

Langsam fuhr der Doktor im Dunkeln wieder eine kurze Strecke den Berg hinauf, wendete an einer breiten Stelle, die man vom Tal aus nicht einsehen konnte, und lenkte den Wagen mit voll aufgeblendeten Scheinwerfern ins Tal.

Die Vorsicht war angebracht. Normalerweise wurde der Wagen des Doktors nicht kontrolliert, doch wer wusste schon, welche der Wachen Dienst hatten. Die meisten von ihnen waren Analphabeten und dementsprechend primitiv. Jetzt, mit einer Waffe in der Hand, fühlten sie sich in eine Art Machtrausch versetzt, der an Größenwahn grenzte. Das war es, was sie gefährlich machte. Niemand konnte vorhersagen, wie sie reagieren würden.

»Er ist ein Verwandter von dir, wenn sie fragen sollten, alles andere überlass mir«, rief der Doktor Miriam über die Schulter zu.

Sie nickte nur schweigend.

Sie wusste genau, worauf sie sich eingelassen hatte und der Doktor auch. Sie hatte ihn da mit hineingezogen. Aber, bei Allah, – konnte man einen Menschen verrecken lassen, nur weil er sich eine bestimmte politische Weltanschauung nicht aufzwingen ließ?

Nein, nein und nochmals nein!

Niemand sah, wie sie Kasem in die kleine Camp-Ambulanz schleppten. Gefährlich war es trotzdem. Das Haus des Mullahs, der seit dem Umschwung als »Aufpasser« im Camp wohnte, lag genau gegenüber. Vielleicht lauerte dort jemand hinter den Vorhängen und beobachtete sie. Das Risiko mussten sie auf sich nehmen.

Sie schlossen die Tür, auch die Vorhänge, der Doktor machte Licht.

Sie legten Kasem auf das Untersuchungsbett. Mit Miriams Hilfe entfernte der Arzt alles, was den verwundeten Arm umhüllte. Mit zusammengezogenen Brauen begutachtete er das aufgequollene, stinkende, rot entzündete Etwas, das nicht im Entferntesten mehr Ähnlichkeit mit einem Arm hatte.

Der Doktor handelte schnell. Miriam griff mit zu, half, wo es nötig war.

Dank dem in die Vene gespritzten Narkosemittel schlief Kasem tief und fest. Der Arzt schnitt jetzt die Wundränder glatt, wusch und reinigte die Wunde und verband den Arm. Er spritzte Antibiotika und erklärte dem Mädchen dabei gleich, wie sie eine Spritze anzusetzen habe.

Es bedurfte keiner großen Verständigung. Sie zogen Kasem aus und wuschen ihn. Sein Körper war schmutzig und verschwitzt. Hier gab es heißes Wasser, das mussten sie nutzen.

»Was machen wir nun mit ihm?«, überlegte der Doktor.

Miriam nahm ihm die Entscheidung ab: »Ich nehme ihn wieder mit in unsere Siedlung. Dort ist er am sichersten. Auch kann ich ihn dort besser als ein Familienmitglied ausgeben, das mit uns in die Berge zieht. Nur, ich kann ihn nicht allein …«

Ihre geöffneten und erhobenen Handflächen sagten, was sie meinte.

»Natürlich helfe ich dir. Wir holen gleich noch vom Hospital eine Matratze, Laken, Decken, Verbandszeug, Handtücher und was du sonst noch brauchst, dann kommen wir zurück und parken wieder im Seitental.«

Es klappte alles. Schwierig war nur, Kasem zur Siedlung zu bringen. Aber sie schafften es, liefen zweimal zum Wagen, dann hatten sie alles in dem kleinen Verschlag neben der Küche, der sonst zur Aufbewahrung von Lebensmitteln diente.

Noch einmal ließ sich der Doktor von Miriam wiederholen, wie sie eine Spritze zu geben hatte, und zählte die Tabletten ab, die Kasem einnehmen musste. Ihm blieb jetzt nur übrig, sich auf Miriams Verstand und Geschicklichkeit zu verlassen. Im Morgengrauen wollte er wiederkommen.

Um diese Zeit schliefen die Wachen. Sonst konnte er nur nachts nach ihm sehen.

»Spritzen, Tabletten und Tee, Miriam, davon hängt es ab, ob Kasem seinen Arm behält, ob er überlebt!«

Der Doktor ging. Sie setzte sich zu dem Kranken, horchte auf seinen Atem und forschte in seinem Gesicht, das bleich und mager aussah. Tief lagen die Augen in ihren Höhlen, umrahmt von dichten Wimpern und buschigen Augenbrauen. Das lockige braune Haar klebte verschwitzt an der Stirn. Sie strich es sacht zurück.

Gegen zwei Uhr nachts erwachte Kasem. Endlich konnte sie mit ihm reden. Sie versuchte ihm klarzumachen, dass sie hinunter ins Dorf zu ihrer Schwester musste.

»Du willst fort?« Seine Augen wurden weit. »Bitte bleibe! Geh nicht weg! Laß mich nicht allein – bitte …«

»Kasem, ich muss zu meiner Schwester. Sie wartet seit dem Abend auf mich. Jetzt ist es weit nach Mitternacht. Sie wird beunruhigt sein. Wenn ich nicht heimkomme, schickt sie vielleicht Nachbarn herauf, was dann?« Sie sah ihn flehend an.

»Ich verstehe! Ich habe kein Recht, dich zurückzuhalten«, sagte er mit bitterem Unterton.

»Nein, das hast du nicht«, bestätigte sie, »doch ich bin freiwillig bei dir geblieben und bleibe es auch weiterhin. Wenn ich etwas tue, dann voll und ganz. In unserer Sippe ist das so Brauch. Ich verspreche dir, so schnell wie möglich zurückzukommen, aber bedenke, dass ich den Umweg um den Berg machen muss. Die Wachen dürfen nichts merken. Hörst du mir überhaupt zu?«

Kasem hatte die Augen geschlossen, sie dachte, er schliefe, doch jäh riss er sie wieder auf. Angst stand in seinem Blick und blankes Entsetzen.

»Geh nicht fort. Ich fürchte mich. Oh Allah! Ich habe unerträgliche Schmerzen und solche Angst. Du wirst nicht wiederkommen, ich fühle es, Miriam, ohne dich und deine Hilfe bin ich verloren.«

Die letzten Worte flüsterte er nur noch, als ersticke er, dann schluchzte er haltlos, Tränen rannen über sein Gesicht.

Die hinter ihm liegenden Erlebnisse, die Flucht, die Verletzung, die Operation, die beginnende Wirkung der Spritzen – alles brach aus ihm heraus in grenzenloser Verzweiflung.

Erschüttert stand Miriam vor ihm, öffnete dann wie in Trance ihre Halskette mit den blauen Glasperlen: »Hier, nimm das, dann muss ich zurückkommen, das weißt du!« Und schon war sie zur Tür hinaus.

Er hörte, wie sie den Riegel vorschob, einen Stein dagegenrollte, wie sich ihre schnellen Schritte entfernten – dann war Stille.

Er starrte auf die Perlen, hob sie hoch, legte sie an seine Wange. Sie waren rund und glatt. Noch glaubte er, die Wärme ihrer Haut daran zu spüren. Fest hielt er sie in der gesunden Hand und schlief damit ein.

Unten im Dorf tastete sich Miriam durch Höfe, Flure und Türen zu Fatemehs Wohnung vor.

Im Raum brannte eine Öllampe. Drei kleine Kinder schliefen auf einer Matratze, den jüngsten Sohn hielt die Schwester im Arm.

»Salam alaikum«, grüßte Miriam.

»Walaikum salam«, antwortete Fatemeh, dann brauste sie auf: »Wo kommst du jetzt her? Ich bin halbtot vor Sorge um dich!«

Miriam nahm eine Tasse Tee und etwas Fladenbrot. Während sie Durst und Hunger stillte, erzählte sie Fatemeh alles, was an diesem Tag geschehen war.

Die Schwester zitterte vor Angst bei Miriams dramatischer Schilderung, doch stimmte sie ihr zu, dass es gut war, sich weiterhin um Kasem zu kümmern. Es war einfach Menschenpflicht oder Nächstenliebe oder Notwendigkeit, wie man es auch nennen wollte. Bald würden die anderen eintreffen, dann konnte entschieden werden, was zu tun sei. Das letzte Wort lag in jedem Fall beim Großvater. Er tat immer das Richtige.

Beladen mit einem Sack voll Lebensmitteln und einem kleinen Kerosinkocher traf Miriam wieder in der Siedlung ein.

Kasem schlief tief und fest, hörte auch nicht, wie Miriam die Tür öffnete. Auf Zehenspitzen trat sie an sein Lager und legte ihre kühle Hand auf seine Stirn. Das Fieber war gesunken – Allah sei Dank!

Die folgenden Tage und Nächte waren ein Wettlauf zwischen Leben und Tod.

Kasems jugendliche, unverbrauchte Natur und sein Wille zu überleben siegten. Von einem Tag zum anderen ging es ihm besser. Das Fieber verschwand, der Arm hatte wieder seine normale Form angenommen und … der Patient verlangte zu essen.

Überglücklich reichte ihm Miriam einen Becher mit heißem Tee und danach ein einfaches Essen, bestehend aus Nan, dem Fladenbrot, Mast, dem köstlichen sahnigen Joghurt, und grünen Kräutern.

Am folgenden Tag brachte sie sogar einen Spieß Kebab aus dem Dorf mit. Das über Holzkohle gegrillte Hammelfleisch wurde für Kasem zu einem Festessen.

Bedankte er sich, wurde sie befangen, griff nach den blauen Glasperlen an ihrem Hals und spielte damit.

»Sie haben das gleiche Blau wie deine Augen und bilden einen wunderbaren Kontrast zu deinem schwarzen Haar«, hatte Kasem eines Tages bewundernd zu ihr gesagt. Sie wusste nicht, wo sie vor Verlegenheit hinschauen sollte. Komplimente waren ihr fremd, ungewohnt, aber es war schön, ein traumhaftes Gefühl, es brachte etwas in ihr zum Vibrieren.

Mit Kasem ging es nun schnell aufwärts. Der Doktor brauchte nicht mehr nachts zum Verbinden zu kommen. Diese am Anfang so schmerzhafte Prozedur, bei der ihm Miriam jedes Mal einen Fetzen in den Mund stopfen musste, um seine Schreie zu ersticken, war beendet. Die Wunden waren fast verheilt, es genügten kleine Verbände und Pflaster.

Kasem begann sich nützlich zu machen, war dabei aber immer auf der Hut, nicht von den Wachen am Camp gesehen zu werden.

Eines Tages, er lief gerade über den Hof, hörte er Stimmen. Mit einem Riesensatz sprang er in eine Ecke und verkroch sich hinter alten Fässern. Sie dienten im Sommer als Wasserbehälter und boten ihm nun ausreichend Deckung. Er konnte nicht verstehen, was gesprochen wurde. Dann lachte Miriam, kurz darauf entfernten sich Schritte. Er wagte sich nicht aus seinem Versteck. Das Herz schlug ihm bis zum Hals. Er kam erst herausgekrochen, als Miriam nach ihm rief.

Sie sah die Angst in seinem Gesicht und beruhigte ihn: »Es war ein Mann aus dem Dorf. Er sagte mir, dass unsere

Leute kommen. Nun zittere nicht so! Irgendwann musst du wieder mit anderen Menschen zusammenkommen. Versuche dir das langsam vorzustellen. Ewig kannst du dich nicht verstecken.«

Sie setzten sich beide auf einen Stein. Die Tage waren jetzt schon wärmer, der Schnee fast geschmolzen, zwischen den Felsen blühten die ersten kleinen Bergblumen. Das Gras spross, und die Weiden an der Quelle bekamen zartgrüne Blätter.

Als er sich kräftig genug fühlte, begann Kasem, in der Siedlung einiges auszubessern, die Türangeln an den Hütten, die Wassertröge für das Vieh, die Mauer des Pferchs, der sich an die Ställe anschloss. Alles war sehr einfach zusammengebaut: Steine, Lehm, Wellblech und Dachpappe, dazu Plastik als Dichtungsmittel und Regenschutz. Es reichte für die kurze Zeit, in der die Herden im Frühjahr und Herbst hier durchzogen.

Kasem blieb nachts allein in der Siedlung. Miriam schlief im Dorf bei Fatemeh und brachte jeden Morgen frisches Essen mit.

Erstaunlich schnell hatte er sich an das einfache Essen der Gebirgler gewöhnt. Nan und Mast. Die Fettschicht dieses Joghurts war wie reine Butter. Fatemeh verwöhnte ihn, indem sie öfter Marmelade mitschickte. An manchen Tagen brachte Miriam aus dem Dorf Kebab mit, dass sie hier oben nicht zubereiten konnten. Feuer anzumachen war wegen der Wachen zu gefährlich. Gemüse war rar um diese Zeit, doch auch das trieb Miriam irgendwo auf.

ℰ

Gemeinsam gingen sie eines Abends auf einem verborgenen Pfad zu Fatemeh ins Dorf. Unbehelligt erreichten sie das Haus. Fatemeh erwartete sie schon. Die Kinder schliefen, der Kleine lag im Arm seiner Mutter.

Sie setzten sich auf den Boden, tranken Tee und redeten miteinander. Die offene Art der Frauen fand Kasem erstaunlich. Sie kannten fast kein Tabu. Wie ihre Männer standen auch sie selbstbewusst im täglichen Leben. Natürlich gab es Ausnahmen, aber wo gab es die nicht?

Kasem vertraute Fatemeh vom ersten Augenblick an. Sie sprach ruhig, hatte völlig normale Ansichten, verstieg sich nicht in Vermutungen oder Erwartungen, sie blieb auf dem Boden der Tatsachen.

Er konnte mit den beiden richtig diskutieren, viel ruhiger und ausgeglichener als mit den Studentinnen an der Universität. Er wusste genau, diese Frauen hatten nie eine Schule besucht. Alles, was sie wussten und kannten, hatte sie das Leben gelehrt oder die Alten der Sippe.

Während sie sich unterhielten, schaute eine Nachbarin herein. Sie bat Fatemeh um etwas Milch, bekam sie, bedankte sich und ging wieder nach draußen.

Miriam hatte Kasem nicht aus den Augen gelassen. Sie hatte das Anspannen seiner Muskeln bemerkt, die aufflackernde Angst in seinen Augen und das Aufatmen, als die Frau wieder ging. »Er wird, ach was, er muss es lernen, damit zu leben«, dachte sie bei sich.

Spät in der Nacht stieg Kasem wieder hinauf in die Siedlung. Während er geschickt auf dem versteckten Pfad den

Berg hochkletterte, war er mit seinen Gedanken noch bei Miriam und ihrer Schwester. Unter normalen Umständen hätte er sie nie bemerkt, geschweige denn mit ihnen gesprochen.

Die Nomaden sind eine Gemeinschaft für sich, ein Wandervolk, immer unterwegs mit ihren Herden.

Ihre Frauen sind unverschleiert, frei und stolz. Es gibt Ärmere unter ihnen, die arbeiten beim Straßen- oder Häuserbau. Sie schleppen Steine, Sand und Zement, doch immer erhobenen Hauptes. Ihre stolze, ja edle Haltung ändert sich nie, auch wenn sie die gesamte bewegliche Kücheneinrichtung – Pfannen, Töpfe, Kessel und kleine Kerosinkocher, alles zu weit ausladenden Bündeln geschnürt – auf dem Kopf balancieren und damit durch reißende Ströme oder über verschneite Gebirgspässe müssen. Sie sind frei, nicht abhängig, niemandem Untertan.

Als Kasem längst schon in seinem Verschlag unter der Decke lag, beschäftigten sich seine Gedanken immer noch mit ihnen, bis ihm die Augen zufielen.

Sehr früh am nächsten Morgen hörte er flinke Schritte. Das konnte nur Miriam sein. Alles an ihr war ihm schon so vertraut.

Sie hatte frisches Brot aus dem Dorf mitgebracht. Mast stand in breiten Satten bereit. Die kleinen Fleischstückchen spießten sie gemeinsam auf. Sie mussten nur noch Feuer machen, um Kebab zu bereiten.

Unten im Dorf trafen die Männer mit den Herden ein. Fatemeh begrüßte sie herzlich, vor allem Gholipur, ihren

Mann. Endlich konnte er seinen neugeborenen Sohn in Augenschein nehmen.

Auch Großvater herzte und küsste den jüngsten Spross der Sippe, der – wieder in den Armen seiner Mutter – laut zu schreien begann. Fatemeh reichte ihm die Brust, an der er sogleich glücklich und zufrieden sog und schmatzte. Währenddessen redeten alle durcheinander.

»Wo ist Miriam?«, fragte Großvater, den sie »den Alten« nannten.

»Sie ist schon oben, hat alles vorbereitet und wartet auf euch«, antwortete Fatemeh. Von Kasem erwähnte sie nichts. Das ging nur Miriam etwas an. Sie hatte die Sache begonnen, sie musste sie zu Ende führen, gleichgültig, wie es ausgehen würde.

Die Hauptstraße, die mitten durch das Dorf führte, war von den Tieren der Nomaden verstopft. Autos hupten laut, ihre Fahrer schrien ungeduldig.

Hassan und Kazemi, Söhne des Alten, sowie Abbas, sein Enkel, und Ashgar, Sohn einer befreundeten Familie, versuchten, die Tiere auf eine Straßenseite zu drängen. Die Hunde halfen ihnen dabei und jagten kläffend an den Herden entlang.

»Treibt sie über die Brücke auf die andere Seite des Flusses, damit sie hier verschwinden!«, rief der Alte dem jungen Volk zu.

Breit und groß stand er da. Ungebeugt. Eisengrau waren das dichte Haar, der Schnurrbart und die Brauen. Voll jugendlichen Feuers blitzten die blauen Augen. Den

Fellmantel hatte er lose über die Schultern geworfen. Um die Beine waren Fußlappen bis zum Knie geschlungen, die mit feinen Lederriemen zusammengehalten wurden. Die Astrachankappe kühn auf dem Kopf, bot er ein Bild kräftiger, gesunder Männlichkeit, die manchen Jüngling vor Neid hätte erblassen lassen.

»Ich werde mit hinaufgehen. Kommst du auch?«, wandte er sich an Fatemeh.

»Natürlich komme ich mit, habe extra Kuchen gebacken für diesen Tag. Die gesamte Familie um sich zu haben, das muss doch gefeiert werden!«

Er strich ihr übers Haar, gab dem Kleinen einen Klaps auf die Wange und ging mit großen Schritten den Seinen und den Herden nach.

Sie trieben die Tiere die Straße hinauf, durch die Barriere, hinter der die Posten saßen.

Während er freundlich hinübergrüßte, zischte er seinem Sohn zu: »Man sollte ihnen die Hosen strammziehen und die Kolben ihrer Gewehre auf ihren Hintern zerschlagen.«

Dabei lächelte er zu den Posten hinüber, hob die Hand zum Gruß und ging weiter. Sollten sie ruhig denken, dass er und die Seinen mit dem jetzigen Regime einverstanden seien. Es wäre sinnlos, ihre wahre Meinung zu äußern. Sie hätten kaltblütig seine Familie ausgerottet. Was hätte man damit erreicht? Heldentum ist etwas Großes, seine Sippe aber sollte überleben! Irgendwann musste sich ja alles einmal wenden. Irgendwann …

Er schob die trüben Gedanken über die Gegenwart und Zukunft seines Landes beiseite. Drüben an der Mauer stand Miriam, sein Liebling.

Er stapfte über letzte Schneereste, stand vor ihr und erkundigte sich liebevoll brummend nach ihrem Wohlergehen.

»Gut geht's mir«, sagte sie fröhlich. Sie war glücklich, alle Familienmitglieder endlich wieder um sich zu haben.

Nebeneinander gingen sie zu den anderen. Die Herde war im Pferch. Es musste gemolken werden. Das erledigten die Jungen.

Der Alte entfachte draußen ein Feuer, saß davor und drehte die Kebabspieße, von denen ein würziger Duft aufstieg.

Dann saßen sie alle vereint um das Feuer, strichen sich Mast aufs Fladenbrot, legten grüne Kräuter und ein Stück Kebab darauf, wickelten alles zusammen, steckten es in den Mund und zerkauten es genießerisch. Dazu tranken sie Quellwasser oder frische warme Milch.

Miriam reinigte das Geschirr und machte Tee. Den schlürften die Männer, während sie friedlich ihre Wasserpfeifen oder Zigaretten rauchten.

Plötzlich stand Miriam in ihrer Mitte.

Erstaunt schauten die Männer auf, als sie zu sprechen begann. Sie wollten sie unterbrechen, doch der Alte hob die Hand und gebot Ruhe.

Sie schilderte ausführlich, wie sie Kasem gefunden und was sie für ihn getan hatte. Dann schloss sie: »Das ist alles, was ich euch zu sagen habe. Ich kann nicht fordern, dass ihr zu allem ja sagt, aber ich hoffe und bitte, dass ihr helfen möget.«

Da stand sie, in ihren groben Gewändern, die Arme zu beiden Seiten des Körpers ausgestreckt und die Handflächen bittend geöffnet. Das weit über die Stirn vorragende Kopftuch beschattete ihre klaren blauen Augen, die fest auf den Alten gerichtet waren.

»Du musst von einem bösen Geist besessen sein. Wie könntest du sonst so sprechen?« Ihr Bruder Abbas sprang auf und begann im Raum auf- und abzuschreiten.

»Weißt du überhaupt, was du da verlangst? Das kann uns alle ins Zuchthaus bringen. Was das heißt, brauche ich dir wohl nicht erst klarzumachen und euch ebenso wenig.« Er sah alle an.

»Eben darum«, widersprach Miriam, »wenn du das so genau weißt, kannst du ihn doch nicht einfach wegschicken und den Häschern überlassen!« Sie schwieg einen Moment, erwartete, dass ihr Bruder antwortete. Doch der sagte nichts. So fuhr sie erregt fort: »Nicht einmal, ich wiederhole, nicht einmal hat der Doktor vom Camp auch nur gezögert oder gefragt. Er wusste, um was es ging, und hat sofort geholfen. Wollt ihr euch von ihm beschämen lassen? Sie werden Kasem zu Tode foltern, wenn sie ihn kriegen. Sie haben das schon wegen kleinerer Vergehen getan!«

Sie ging auf ihren Bruder zu, hob beschwörend die Hände: »Willst du das auf dein Gewissen laden? Begreifst du denn nicht, worum es hier geht?«

Abbas wollte wieder aufbrausen.

»Schweigt!« Das Wort fiel wie ein Hammer in die gespannte, fast feindselige Atmosphäre zwischen den beiden Geschwistern.

Der Alte hatte gesprochen! Sie fuhren herum und sahen ihn erwartungsvoll an.

»Setzt euch!«, befahl der Großvater und sie hockten sich vor ihn hin.

»Der Mann bleibt!«, sagte der Alte.

»Aber …«, begehrte Abbas auf.

Der Alte winkte ab. »Kein aber. Ich sagte, der Mann bleibt! Der Zufall wollte es, dass er sich in unseren Schutz begab. Noch gilt das Gastrecht bei uns, wie schon zu Zeiten der Vorväter. Er ist jetzt ein Bruder, und einen Bruder verstößt man nicht.«

Das war eine sehr lange Rede für den Alten, der sonst eher wortkarg war. Doch sein Wort war Gesetz! Jeder akzeptierte und respektierte es.

Zu Abbas gewandt sagte er »Du wirst morgen nach Torasht zu Tofiq gehen, er soll einen neuen Ausweis beschaffen. Und mache keine Fehler! Denke nach, bevor du redest.«

»Danke, Großvater!«, jubelte Miriam, rutschte auf den Knien zu ihm hin, nahm die runzlige Hand des Alten und legte sie an ihre Wange. Das war das Höchste an Liebes- und Dankesbezeugung.

Der Alte strich ihr über das Haar und drückte ihren Kopf an sich. Glücklich blieb sie sitzen, die unerwartete Liebkosung voll auskostend. Sie liebte und verehrte ihren Großvater über alles. Und Miriam war sein Augapfel. Wie sehr erinnerte sie ihn an seine verstorbene Frau. Mit ihrer gertenschlanken Figur, dem schwarzen Haar und dem feinen Profil glich sie dem jungen Mädchen, das er damals in der Wüste getroffen hatte und das sein Weib geworden war. Vierzig Jahre lebten sie zusammen, eine harte, aber auch schöne Zeit. Ein unvergleichliches Verstehen hatte sie miteinander verbunden. Nie hatte ihn nach einem anderen Weibe verlangt, obwohl das Gesetz es erlaubte. Nach ihrem Tode war er allein geblieben. Zehn Kinder hatte sie ihm geschenkt, und nun umgab ihn eine Schar von Enkeln und Urenkeln, auf die er sehr stolz sein konnte.

Verschmerzt hatte er das schreckliche Unglück immer noch nicht, dem sein Sohn und dessen Frau, die Eltern von Miriam, Fatemeh und Abbas, im vergangenen Jahr zum Opfer gefallen waren. Die Bremsen des Autobusses, mit dem sie von der Hauptstadt kamen, hatten plötzlich versagt. Kurz hinter dem Pass war der Wagen in eine Schlucht gestürzt. Keiner hatte überlebt. Kismet!

Und noch einmal drückte er beim Gedanken daran Miriam fest an sich.

»Darf ich ihn holen?«, fragte das Mädchen leise.

Der Alte nickte.

Sie sprang auf, lief hinüber zum Küchenhaus und holte Kasem aus dem Verschlag.

»Alles ist gut«, sagte sie sofort, als sie seine fragenden Augen sah. Er atmete tief auf, sie liefen Hand in Hand hinüber zu den anderen.

$\tilde{e}$

Da standen der Alte und hinter ihm die Männer. Sein Blick hielt Kasem fest, schien mit dem zufrieden, was er in den jungen Augen fand, und er sagte:

»Willkommen, mein Sohn!«

»Danke, Vater«, antwortete Kasem ruhig.

Sie begrüßten sich nach Landessitte mit Küssen auf beide Wangen, setzten sich nieder und rauchten. Miriam wollte gehen, doch der Alte befahl sie an seine Seite.

»Du bleibst! Du musst wissen, wie es mit ihm weitergehen soll. Schließlich ist er dein spezieller Schützling«, meinte er scherzend, und alle lachten befreit auf. Herzliche Worte, die den Augenblick aufheiterten und den Ernst der Situation vergessen ließen.

$\tilde{e}$

Stumm schaute der Alte zu Kasem. Schaute nur, sagte und fragte nichts.

Das ist Nomadensitte. Man sitzt und wartet, bis der Tee getrunken ist und die Wasserpfeifen kreisen. Erst dann fragt man nach dem Woher und Wohin.

Dann sprach Kasem. Er erzählte, wie es zu seiner Flucht gekommen war. Und er berichtete von seinem Elternhaus:

Der Vater war ein bekannter Chirurg in der Hauptstadt. Beide Brüder waren in den USA, sie studierten Medizin, genau wie er. Nur weil er der Jüngste war, wollten ihn die Eltern bei sich behalten. So studierte er an der Universität der Hauptstadt und stand kurz vor dem letzten Examen, als die Revolution ausbrach. Seitdem, das war bekannt, hatte es für die Studenten keine Vorlesungen mehr gegeben.

Als sie erkannten, wohin der neue Weg führte, fanden sie sich zu einer Widerstandsbewegung zusammen und arbeiteten im Untergrund. Er war einer der führenden Köpfe gewesen, jetzt wurde er gesucht und gejagt.

Für ihn gab es nur die Flucht ins Ausland.

»Es ist das Einzige, was mir bleibt«, schloss Kasem, hob resignierend die Schultern und senkte den Kopf.

In der zweiten Nacht fuhren Abbas, Kasem und Miriam unter der Plane eines Lieferwagens versteckt nach Torasht zu Tofiq.

Um Mittenacht kamen sie dort an. Miriam und Kasem verbargen sich in einem alten, verfallenen Haus.

Abbas schlich zu Tofiqs Wohnung, klopfte und rief leise nach ihm. Es dauerte lange, bis Tofiq öffnete. Abbas trug ihm sein Anliegen vor. Tofiq versprach ihm zu helfen.

Abbas holte Kasem und Miriam aus dem Haus. Sie schlichen im Schatten der Häuser zu Tofiq zurück, denn auch hier patrouillierten die Wachen nachts durch das Dorf. Sie sprachen nur flüsternd miteinander, aus Angst, dass ein lautes Wort sie verraten könnte. Doch alles klappte reibungslos.

Mit seinem uralten Fotoapparat machte Tofiq eine Aufnahme von Kasem, der jetzt mit Bart gegenüber früher völlig verändert aussah.

Am folgenden Morgen war der Ausweis fertig. Aus Kasem war Mahmud geworden.

Das Herz schlug ihm bis zum Hals, als er das erste Mal bei vollem Tageslicht zwischen den Geschwistern ganz natürlich über die Straße ging, um auf den Autobus zu warten, der sie zurückbringen sollte.

Anstatt des Busses standen plötzlich Revolutionssoldaten vor ihnen und verlangten in barschem Ton, ihre Ausweise zu sehen. Zögernd zog Kasem seinen Ausweis heraus und … erhielt von Miriam plötzlich einen leichten Stoß. Der Ausweis fiel in den Straßenschlamm.

Miriam bückte sich.

»Wie dumm von mir, verzeih«, sagte sie laut, »ich bin ausgerutscht und versuchte mich zu halten.«

Mit ihrem Rock wischte sie über das Papier, auf dem sich jetzt schmutzige Streifen hinzogen, und wollte es Kasem zurückgeben.

Ein Soldat kam ihr zuvor und riss den Ausweis an sich.

»Mir sollst du ihn zeigen und nicht ihm. Er kennt sich ja, aber ich muss sehen, wer er ist.«

Kritisch verglich er das Foto mit Kasem, schien zufrieden und gab ihm das Papier zurück.

Kasems Nasenflügel bebten. Auf seiner Oberlippe bildeten sich feine Schweißtropfen, doch das bemerkte nur Miriam, sie kannte ihn fast schon besser als sich selbst.

Was musste er in den letzten Minuten ausgestanden haben ... Er sah sie dankbar an, dankbar für das kleine von ihr inszenierte Manöver. Die Schmutzstreifen hatten Ausweis und Bild gebraucht erscheinen lassen.

Damit hatte er die erste Gegenüberstellung in seinem neuen Leben bestanden.

Kasems alten Ausweis trug Abbas in seiner Gürteltasche, den würde er ihm erst an der Grenze zurückgeben.

Seit einem Monat zog Kasem nun schon mit den Nomaden durch das Gebirge. Die Kontrollen hatten krasse Formen angenommen. Das hatte den Alten veranlasst, die unteren Weidegründe so schnell wie möglich zu überqueren und sofort hinauf in die Berge zu ziehen.

Ihm war dieser Wechsel nur recht. Er und die Seinen wollten so wenig wie möglich mit den Vertretern des neuen Regimes zusammenkommen. Heimlich wünschte er, dass sie ausgerottet würden, ausgerottet mit Stumpf und Stiel. Doch das waren Wünsche – nur Wünsche.

Kasem lernte das harte, arbeitsreiche Leben der Nomaden kennen.

In den ersten Tagen kam er sich noch überflüssig vor, doch dann fasste er überall mit zu. Abends war er von den langen Tagesmärschen hundemüde, aber er hatte sich noch nie so gesund an Leib und Seele gefühlt.

Das Wunder eines freien, natürlichen Lebens offenbarte sich ihm, er fragte sich oft, wie er vorher hatte leben und atmen können.

Er vermisste es nicht, sein früheres Leben. Weder die große Stadt noch die Universität, die Freunde und ... die Liebe. Ja, auch die Liebe, Liebe zu Farzaneh. Doch war das Liebe gewesen?

Alles war nur Erinnerung.

Hier waren allein Himmel, Erde, Felsen, Berge, die Herden, der Alte, die anderen, Miriams Gegenwart und ... auch die Angst, irgendwann entdeckt zu werden. Die Angst wanderte immer mit. Zuweilen wurde sie ein wenig verdrängt von all dem Neuen, das auf ihn einstürmte.

Er wurde jäh an die Angst erinnert, als eines Tages berittene Ranger auftauchten, die das Gebirge kontrollierten.

Der Alte beruhigte ihn. Diese Leute waren nicht gefährlich. Sie kannten sie seit Jahren und wussten, sie standen auf der Seite der Gerechtigkeit.

Tagsüber war es jetzt heiß, so dass man träge wurde und den kühlen Abend herbeisehnte.

Wenn die Sonne am westlichen Himmel versank und Nachtwolken das Land überschatteten, fiel seidiger Glanz auf die nackten Hügel und Felsen und tauchte sie in ein fahles, unwirkliches Licht. Nachts war es kalt.

Gab es an irgendeinem Platz genug Futter und Wasser für die Tiere, blieben sie länger da. Sie bauten dann ihre Zelte auf, die aus Leder, Filz und Decken über halbbogenförmige

Weidenzweige gespannt wurden. Diese Ausrüstung trugen die Mulis und Esel, die die Herde begleiteten.

War ihr Aufenthalt nur kurz, schliefen sie auf der nackten Erde, gegen die Nachtkälte mit Felldecken geschützt. Oder sie legten sich im Schutz der Felshöhlen schlafen, von denen es unzählige in dem karstigen Gebirge gab.

Der Kasem aus der Hauptstadt war »tot«. Ein dunkler Bart umrahmte dicht und stark sein Gesicht und ließ nur das Rot der Lippen sehen. Lang hingen ihm die Haare in den Nacken. Braungebrannt sah er nicht anders aus als die Nomaden, zumal er auch die gleiche Kleidung trug.

Nordnordwest hieß die Richtung, die sie eigens für ihn einschlugen. Die Grenze war dort am günstigsten zu überschreiten. Jedenfalls bis jetzt. Menschen hatten sie allerdings noch nie geschmuggelt.

Die drei Wochen, die sie jedes Jahr im »grünen Tal« blieben, ließen sie auch diesmal nicht aus. Jeder Nomadenzug lagerte dort, man musste sich den Platz und die Zeit teilen, damit alle zu ihrem Recht kamen. Nun, sie waren früh dran in diesem Jahre, somit würde keiner sie stören.

Wie ein Smaragd im Straßenstaub, so lag das Tal inmitten der kahlen, felsigen Gebirgswelt. Ein Stück Paradies, direkt vom Himmel gefallen.

Da war das feste Blockhaus. Jeder hatte im Laufe der Jahre mit daran gebaut. Es wurde von allen benutzt und gepflegt, die diesen Platz aufsuchten. Dicht am Felshang lag es, wie eine kleine Festung, erbaut aus dicken Holzbalken, die eine Kostbarkeit in diesem baumarmen Land waren, wertvoller als Öl, Gold und Edelsteine! Von irgendwoher hatten sie die Balken irgendwann heraufgeschleppt und zum Bau des Hauses aneinandergefügt. Trutzig stand es da, umrahmt von Erlen und Weiden, die hier wachsen und gedeihen konnten, weil es Wasser gab. Ihr Schatten war eine Wohltat, jeder genoss ihn nach einem anstrengenden Tag unter der Gebirgssonne.

Vor dem Haus gab es einen kleinen Platz aus festgestampfter Erde. Dort wurden morgens die Fladenbrote gebacken und tagsüber die Mahlzeiten eingenommen.

Das breite Tal davor fiel terrassenförmig ab bis hinunter zu dem glasklaren Fluss in der Talsohle, der sein Wasser aus vielen Quellen erhielt, die weit oben zwischen den Felsen hervorsprudelten. Es rann durch die Wiesen und machte sie grün und saftig.

Am schönsten war ein breiter Wasserfall. Dort, wo die Wiesen endeten und steil abfielen, bildete das Wasser einen breiten, dichten Vorhang, der sich meterweit hinzog. Schien die Sonne dagegen, glitzerten die zerstäubten Wassertropfen wie Diamanten. Unten traf das Wasser auf den glatten Fels, floss breitflächig darüber weg und weiter durch andere Wiesen bis hin zum Fluss in der Tiefe.

Unter dieser Naturdusche wuschen sich abends die Männer. Den Frauen stand der Morgen dazu zur Verfügung. Sie brachten dann gleich das Wasser für den Tee mit.

Das Frühstück vereinte alle: den Alten, Gholipur, den Mann von Fatemeh, Hassan und Kazemi, die zwei Söhne des Alten und deren Frauen Zeenat und Zohra, die zu ihnen gestoßen waren, nachdem sie ihre Kinder bei Fatemeh im Dorf gelassen hatten. Der Alte hatte das für besser gehalten, denn Kinder redeten oft so daher ...

Die übrige Familie kam selten mit zu diesen Weide-
plätzen. Sie waren alle wohlversorgt. Die Söhne hatten
sich Frauen genommen, die Mädchen hatten irgendwo
eingeheiratet. Sie wohnten alle im Süden und trieben ihre
Herden in das Gebirge, das sich dort an der Grenze des
Landes hinzog.

Der Alte bevorzugte seine alten Weideplätze im Norden.
Hier war er geboren und großgeworden, war der Gegend verbunden und mit ihr verwachsen wie der Fels mit den Bergen.

č

Kasem kam vom Pferch. Er hatte Nachtwache gehalten.
Zwei Lämmer waren geboren worden. Bei dem einen Mut-
terschaf hatte er ein wenig nachhelfen müssen, danach
hatte er glücklich auf das noch nasse, blutverschmierte
Junge schauen können, das da in seinen Händen lag. Vorsichtig hatte er es vor das Maul der Mutter gelegt, damit
sie es sauberlecken konnte.

Er wischte seine Hände am Gras ab und stieg hinauf
zum Wasserfall, um sich zu waschen.

Noch dämmerte es. Am Horizont stachen die ersten
Spitzen der aufgehenden Sonne in den Himmel. Als er
den Wasserfall erreichte, fiel der erste Sonnenstrahl ins Tal
und traf den perlenden Wasservorhang. Es war ein atembe-
raubender Anblick. Andachtsvoll blieb Kasem stehen und
nahm dieses Naturschauspiel in sich auf.

Dann sah er einen Schatten – den schönsten Mädchenkörper, den er je gesehen hatte: Miriam! Sie dehnte
und streckte sich unter dem eiskalten Wasser. Ihr langes
schwarzes Haar lag wie ein Schleier auf ihrem Rücken. Wie

durch eine geschliffene Scheibe nahm Kasem alle Bewegungen ihres Körpers wahr.

Er war nicht fähig, sich von seinem Platz zu rühren! Er wagte kaum zu atmen! Er war wie verzaubert.

Jetzt bückte sich das Mädchen und rannte zu seinen Kleidern.

Leben kam in Kasem. Laut platschend stieg er durch das Wasser, damit sie ihn hören konnte. Er blieb ganz vorn stehen, reinigte sich nur Gesicht und Hände und ging dann zum Haus zurück.

Die anderen schliefen glücklicherweise noch. Unausdenkbar, wenn ihn jemand dort gesehen hätte. Frei lebten sie, die Nomaden, doch in Angelegenheiten, die sich zwischen den Geschlechtern abspielten, hielten sie am alten Gesetz fest: Kein Mann darf den Körper der Frau eines anderen sehen!

Gut, Miriam gehörte noch keinem, aber sie würde auch nie ihm gehören, das wusste er nur zu gut.

Und doch hatte er Verlangen nach ihr gehabt, drüben am Wasser. Er hatte gespürt, wie es ihn mit allen Fasern seines Herzens und seines Leibes zu ihr hinzog.

Einmal nur diesen herrlichen Mädchenkörper umarmen. Einmal nur! Ein Wunschtraum!

Seit sie ihm das Leben gerettet hatte, war zwischen ihnen eine Verbundenheit, wie sie Liebende selten erreichen: höchste Vollendung, doch ohne Erfüllung. Vieles sprach gegen ihre Vereinigung – schon der Standesunterschied, in einem Land wie diesem ein wesentlicher Grund. Er jedoch wollte fort, er erkannte diese Gesetze nicht mehr an. Warum sollte er sich danach richten? Warum?

Doch was jahrhundertelang den Familien anerzogen worden war, das konnte man nicht von heute auf morgen ablegen. Auch wollte er, und das war das Wichtigste, den Alten nicht enttäuschen. Er hatte ihn als Sohn angenommen, ihm wollte er beweisen, dass er es wert war.

Eines hatte er heute erkannt – er liebte Miriam, was auch dazwischentrat, er liebte sie. Erwiderte sie seine Liebe, seine Gefühle? Er glaubte, bemerkt zu haben, dass er ihr nicht gleichgültig war. Doch war es Liebe? Er war sich nicht klar darüber. Ach was, das waren doch alles nur Wünsche, Tagträume. Besser wäre, er vergäße alles und fände sich mit der unabänderlichen, harten Wirklichkeit ab. Doch das war schwer … Noch waren sie in der Mitte des Gebirges. Noch waren es Wochen bis zur Grenze. Vielleicht gab es eine Lösung – vielleicht!

Er saß vor dem Haus und kaute an einem Zweig, als Miriam vom Wasserfall kam. Fröhlich wünschte sie ihm einen guten Morgen, und er gab den Gruß zurück, ihre schlanke Gestalt liebevoll mit seinen Blicken streichelnd. Sie wurde blutrot und lief schnell ins Haus, den Morgentee zu bereiten.

Er entfachte mit getrockneten Wurzeln und Kräutern das Feuer, damit Miriam Fladenbrot backen konnte.

Sein Blick ging hinauf zu den Gipfeln der Drei- und Viertausender, auf denen noch Schnee und Eis lag.

Die Berge! Früher hatte er sie nur vom Skilaufen gekannt. Gleich hinter der Hauptstadt gab es ein großes Skigebiet mit Liften, Hotels und Après-Ski. Ein Eldorado für die Reichen des Landes, die oberen Zehntausend. Seine Familie gehörte dazu. Er hatte reiche Eltern, die ihre Kinder verwöhnten. Er hatte alles, bekam alles. Er amüsierte sich, dachte damals nie an Politik – es war ja alles in Ordnung! Wenn er daran zurückdachte, schüttelte er den Kopf. Was war das für ein Leben gewesen? Langeweile! Überdruss! Leichtsinn! Eine vertane Zeit!

Anstatt Kaviar und Shrimps aß er jetzt Joghurt und Schafskäse, und es schmeckte ihm unvergleichlich besser.

Wodka, Wein, Cocktails und Champagner, wie lange war das her?

Was waren durchtanzte Nächte gegen eine Vollmondnacht im Gebirge, den Duft des Thymians und der Katzenminze, das Rauschen eines Flusses und den sternenübersäten Himmel, der wie ein geheimnisvolles dunkles Tuch die Welt überspannte?

Jetzt schlief er bei dem strengen Geruch der Felle im Zelt, den ewig sauren Schwaden von Mast und der muffigen Feuchtigkeit, wenn im Regen die Kleider und Decken tagelang nicht trocken wurden. Und er schlief tief und fest.

Er kletterte auf gefährlichen Gebirgspfaden, um ein verirrtes Tier zurückzuholen, er trieb die Herde zusammen und melkte.

Das hatte er vorzüglich gelernt, sogar der Alte hatte ihn letzthin gelobt. Lachend hatte er ihm daraufhin seine Hände entgegengehalten und gesagt:

»Die sollen ja einmal Menschen operieren, also müssen sie jetzt schon zeigen, was in ihnen steckt.«

Er dachte zurück an seine ersten Melkversuche. Damals war der Arm noch steif gewesen und unbeweglich von der Verletzung. Am Abend glaubte er oft, die Schmerzen nicht ertragen zu können.

Miriam hatte ihm den Arm mit Mastsahne eingerieben, der sie einige Kräuter und getrocknete Blumen beigemengt hatte. Es hatte Wunder gewirkt.

Für die anderen war es ein besonderer Spaß gewesen, ihn bei den Melkversuchen zu beobachten. Ausgeschüttet hatten sie sich vor Lachen bei seinem Kampf, auch nur einen einzigen Tropfen Milch in den Eimer zu bekommen.

Miriams Geduld war es zu verdanken, dass er dieses ständige Ziehen und Streichen am Euter endlich begriffen hatte.

Jedes Nomadenkind sog diese Fertigkeit mit der Muttermilch ein und beherrschte sie von Kindesalter an.

Für ihn war es eine harte, aber auch schöne Lehrzeit gewesen: Hinter ihm stehend hatte Miriam die Arme um ihn gelegt, seine Hände in die ihren genommen und mit ihm Zug und Druck geübt, bis es klappte. Er hatte nach ihren Händen gehascht, als sie sich aufrichten wollte, um ihre kleinen, festen Brüste an seinem Rücken noch ein wenig zu spüren. Sie gewährte ihm die Seligkeit dieser Berührung nur Bruchteile von Sekunden, dann befreite sie sich, gab ihm einen Klaps auf seinen Kopf und ging schwingenden Schrittes davon.

Sinnend schaute er ihr nach. Zeenat, die in der Nähe melkte und alles beobachtet hatte, rief ihm zu: »Kasem, wenn du noch lange starrst, wird die Milch deiner Ziege schon im Euter sauer!«

Da hatte er losgelegt – und von dem Tage an konnte er melken, als hätte er nie etwas anderes getan. Er war darauf stolzer als auf eine gute Examensnote an der Universität.

Das einfache Leben in den Bergen hatte einen anderen Menschen aus ihm gemacht. Er war gesund, stark und braungebrannt. Fußlappen und Felljacke waren für ihn so selbstverständlich geworden wie das Barfußlaufen auf den Wiesen.

Er war ein Nomade wie die anderen!

Manchmal dachte er an die Eltern. Ob sie noch im Land waren? Mutter würde warten wollen – sie hing so an ihm, wie Mütter nun einmal sind. Vater würde hoffentlich vernünftig sein und weggehen, in ein anderes Land. Was bedeutet aller Besitz, wenn man die Freiheit dagegen eintauschen kann?

»Morgen gehen Miriam, Ashgar, Abbas und Kasem nach Shordaz. Wir brauchen frische Lebensmittel. Rechnen wir mit drei Tagen, bis ihr dort seid, einen Tag zum Einkaufen und drei Tage zurück, das macht eine knappe Woche, wenn nichts dazwischenkommt. Mischt euch in keine Demonstrationen oder Menschenansammlungen ein!«

Der Alte hatte gesprochen!

Die vier nickten nur. Miriam richtete gleich die größeren Taschen für die beiden Esel her, sie sollten die Last auf dem Rückweg tragen.

Lange vor Sonnenaufgang zogen sie am nächsten Morgen los.

Kasem wunderte sich, wie sicher Abbas und Miriam den Weg kannten. Da gab es keine Fragen oder Meinungsverschiedenheiten. Stets waren sie sich einig, wo es weiterging.

Gegen Mittag des zweiten Tages hatten sie schon viel an Höhe verloren. Die ersten Wälder kamen in Sicht, die sich hinzogen bis zum großen See im Norden des Landes, wo die Gegend üppig grün, fast tropisch wurde.

In den Nächten schliefen sie dort, wo sie gerade angelangt waren. Die Luft hier unten war mild. Somit gab es keine Schwierigkeiten bei der Wahl des Schlafplatzes. Sie konnten sich überall niederlegen. Miriam schlief neben ihrem Bruder Abbas und Ashgar neben Kasem.

Seit einiger Zeit schon hatte Kasem bemerkt, dass Ashgar ihm die kalte Schulter zeigte, dabei war er sich diesem Jungen gegenüber keiner Schuld bewusst. Bei Gelegenheit musste er ihn einmal fragen, was er eigentlich gegen ihn hatte.

☙

Kurz vor Shordaz knickte Miriam mit dem rechten Fuß um. Sie schrie auf und setzte sich an den Straßenrand. Tränen liefen ihr über die Wangen.

Da musste Tabib her, der Doktor.

Scherzhafterweise wurde Kasem so genannt, weil er oft kleine Operationen bei den Tieren durchgeführt hatte, auch Behandlungen, die gut angeschlagen hatten. Der Alte war sehr zufrieden mit ihm. Welche Sippe hatte schon einen eigenen Tabib?

Kasem kniete vor Miriam nieder und untersuchte den Knöchel. Er forschte dabei in ihrem Gesicht nach bestimmten Reaktionen und stellte nach genauer Untersuchung fest: Sie hatte sich den Fuß verstaucht, nichts war gebrochen.

Mit einem Stück Stoff machte er, so gut es eben ging, einen stützenden Verband. Sie mussten versuchen, irgendwo eine elastische Binde aufzutreiben, denn so konnte Miriam den Heimweg nicht antreten. Sie dankte ihm mit einem Lächeln, das ihn verzauberte.

Als er sich aufrichtete, sah er direkt in Ashgars Augen, die ihn für den Bruchteil einer Sekunde hasserfüllt anblickten, dann wandte sich Ashgar ab und spuckte verächtlich aus.

Kasem fröstelte. Es war, als hätte ihn eine eiskalte Hand berührt. Schlagartig wurde ihm klar, dass Ashgar Miriam liebte und begehrte.

Kleine, nebensächlich wahrgenommene Begebenheiten fielen ihm ein. Ashgar, der Miriam den Eimer trug, Ashgar, der mit ihr ein verirrtes Tier suchte, und Ashgar, der – ganz unmuselmanisch – Miriam einen besseren Sitzplatz anbot.

Alle diese Dinge bekamen jetzt Bedeutung, nahmen Gestalt an und … taten weh – sehr weh!

Doch was hatte er, Kasem, erwartet? Ihm stand nur der letzte Platz zu. Wo kam er her? Wo wollte er hin? Was wurde aus ihm? Er war auf Gnade oder Ungnade dem Klan ausgeliefert.

Dabei war er sicher, dass alle anderen der Sippe ihm wohlgesonnen waren.

Er war auch sicher, Ashgar litt darunter, dass ihn, Kasem, und Miriam Gemeinsames verband. Gemeinsames aus den ersten Stunden und Tagen, als sie ihn gefunden hatte.

∻

Am kommenden Tag würden sie ihr Ziel, den Bazar in Shordaz, erreichen. Kasem blieb hinter den anderen zurück, ging nicht an Miriams Seite, sprach kaum mit ihr. Er wollte Komplikationen vermeiden.

Sie war es, die zu ihm kam und ihn fragte: »Was ist mit dir? Bist du krank?«

Er schüttelte den Kopf: »Ich denke nur nach. Die Zeit rückt immer näher, dass ich weg muss von euch. Ich kann kaum glauben, dass es schon vorbei sein soll.« Er lächelte sie an.

Ihre Augen wurden dunkel. »Ja, bald.« Und nur für ihn verständlich: »Leider.«

Betroffen blickte er auf, doch sie ging weiter zum nächsten Stand im Bazar. Sie handelte und feilschte. Er amüsierte sich köstlich darüber.

»Brauchst gar nicht so verächtlich zu grinsen. Ihr reichen Leute habt das Feilschen sicher nicht nötig gehabt, was? Merk dir's, wir auch nicht, doch wir tun es, weil's Brauch ist.« Das war Ashgar, Abbas schaute ihn völlig verwirrt an, er begriff nicht, warum Ashgar in so hämischem Ton zu Kasem redete.

»Was ist los mit dir? Fang bloß nicht an, verrückt zu spielen. Du weißt genau, was der Alte gesagt hat, richte dich danach!«

Ashgar murmelte wütend vor sich hin und trabte weiter.

Miriam hatte von dem Gespräch nichts mitbekommen. Sie war froh, dass sie eine elastische Binde hatte erstehen können, die ihr Kasem geschickt um den verstauchten Knöchel wickelte. So konnte sie wieder wesentlich besser laufen.

Es war Abend, als sie auf dem Weg in ihr Quartier aus einiger Entfernung lautes Schreien hörten.

»Eine Demonstration«, vermutete Kasem, »es ist besser, wir gehen in unsere Unterkunft. Man weiß nie, wie solch eine Sache ausgeht.«

»Feigling«, warf Ashgar aufreizend hin und lief auch schon in die Richtung, aus der die Schreie kamen. Abbas wollte ihn zurückrufen, doch Ashgar war schon weit voraus, so blieb ihnen nichts anderes übrig, als ihm nachzulaufen. Sie durften sich nicht verlieren.

Eine unübersehbare Menschenmenge füllte den freien Platz vor der Moschee. Jetzt konnten sie sehen, woher der Lärm kam:

Auf einem podiumartigen Gerüst in der Mitte des Platzes waren fünf Männer an den Händen aufgehängt und hochgezogen, so dass die Zehenspitzen gerade noch den Boden streiften. Sie wurden ausgepeitscht! Ihre Schreie waren entsetzlich.

Miriam hielt sich schaudernd die Ohren zu.

»Was haben sie getan?«, fragte Abbas den neben ihm stehenden Mann.

Der zuckte die Schultern. »Das weiß keiner. Angeblich sind sie gegen das Regime«, flüsterte er zurück.

»Ich will fort«, bat Miriam leise, sie konnte die Schreie nicht mehr ertragen.

»Bleib hier und rühre dich nicht von der Stelle«, zischte Abbas, »es würde auffallen, wenn wir gingen. Die sind imstande und verhaften uns, nur weil wir ihren Urteilen und Handlungen nicht den nötigen Respekt zollen.«

Miriam sah, wie Kasem plötzlich bleich wurde. Starr schaute er geradeaus.

»Was ist?«, raunte sie ihm zu.

»Nichts«, sagte er völlig abwesend und starrte weiterhin wie gebannt auf die ausgepeitschten Körper.

Sie blieben, bis das grausame Werk vollendet war und die Menge sich zerstreute.

Hin- und herpendelnd hingen die Körper der Verurteilten immer noch an den Stricken. Von den zerschlagenen, aufgeplatzten Rücken sickerte das Blut über ihre nur noch in Fetzen hängenden Hosen und bildeten rote Lachen auf dem Boden.

Wie in Trance ging Kasem langsam auf das Podium zu, langsam daran entlang, blieb einmal kurz stehen und kam ebenso langsam zurück.

»Kommt«, sagte er. Seine Stimme klang wie zersprungenes Glas.

؏

Kasem aß nichts am Abend. Saß nur da, rauchte und sah vor sich hin.

»Was wird man nun mit denen machen? Sie sind doch schon so gut wie tot?« fragte Miriam.

»Wahrscheinlich werden sie in das Zentralgefängnis der Hauptstadt gebracht«, meinte Abbas. »Mit viel Glück können sie überleben und kommen vielleicht irgendwann wieder frei, wenn nicht …« Er zog die Schultern hoch.

Kasem sprang auf und lief auf und ab wie ein gefangenes Tier im Käfig.

»Setz dich hin und iss endlich etwas«, mahnte ihn Miriam, »wir haben morgen einen langen Weg vor uns.«

Sie ahnte, dass Kasem auf dem Platz vor der Moschee irgendetwas gesehen hatte, was ihn so starr und zugleich ruhelos machte.

Die Auspeitschung zu beobachten war für alle furchtbar gewesen, doch das konnte ihn nicht so erschüttert haben. Das geschah jeden Tag und überall im Land. Sie waren machtlos dagegen.

Sie ging zu ihm, ergriff seinen Arm und zog ihn ein wenig von den anderen weg. »Sag mir, was mit dir los ist, Kasem. Ich kenne dich zu gut, um nicht zu sehen, dass du seit heute Abend verändert bist.«

Er wandte ihr sein bleiches Gesicht zu: »Einer der Männer, die sie ausgepeitscht haben, ist mein Freund Masud, er hat mir damals zur Flucht verholfen. Masud stammt von hier. Warum hat man ihn verurteilt? Wie kann ich ihm helfen?«

In seinen traurigen Augen stand sein Schmerz um den Freund.

»Das ist entsetzlich«, sagte Miriam erschüttert, »aber was willst du tun? Du kannst nichts unternehmen. Du bist machtlos, begreif das doch! Keiner kommt gegen diese Bande an. Bitte, Kasem, sei vernünftig«, flehte sie und schüttelte ihn am Arm.

»Na, will der vornehme Herr nicht so wie die Dame?« klang Ashgars Stimme ätzend in die Stille; zu Miriam gewandt fuhr er fort: »Hast du denn gar keine Ehre mehr im Leib, dass du dem Kerl da nachläufst?«

Miriam wirbelte herum: »Wenn ich ein Mann wäre, wüsste ich, was ich zu tun hätte. Du redest verworren. Dir verblendet maßlose Eifersucht die Augen. Einer der Ausgepeitschten ist Kasems bester Freund! Hast du noch eine Frage?«

Sie ließ ihn stehen und ging weg, um ihre Sachen zusammenzupacken. Das war der Schock, den Ashgar nötig gehabt hatte, um zur Vernunft zu kommen.

Spontan ging er auf Kasem zu: »Verzeih, das habe ich nicht gewusst! Was sollen wir, was kann ich tun, um dir zu helfen?«

»Ich weiß es nicht, ich weiß es wirklich nicht.«

Kasem konnte keinen klaren Gedanken fassen, sah seine Machtlosigkeit, kam zu keinem Resultat.

»Masud«, stöhnte er verzweifelt. Mit Tränen in den Augen sagte er zu den anderen: »Er war einer der Besten!«

Abbas erbot sich schließlich, noch einmal zurückzugehen. Er kam erst nach Stunden wieder.

Die Gefangenen waren in die Hauptstadt abtransportiert worden, aneinandergefesselt und auf einen Lieferwagen geworfen.

So blieb ihnen nur noch übrig, zu Allah zu beten, dass er ihnen gnädig sein möge.

Kasem konnte nicht einschlafen. Immer wieder sah er den blutüberströmten Rücken des Freundes vor sich. Er stand auf und lief die ganze Nacht ruhelos umher.

Am nächsten Morgen stieg er allein und den anderen weit voraus zurück in die Berge.

Sie erreichten in der vorgesehenen Zeit das grüne Tal und wurden freudig begrüßt.

Kasem stürzte sich in die Arbeit, als gelte es, Rekorde aufzustellen.

Der Alte erfuhr von Miriam, was in Shordaz geschehen war. Er rief Kasem zu sich.

Ein wenig abseits von den anderen ließen sie sich nieder.

»Erzähle!«, forderte der Alte ihn auf.

Zuerst saß Kasem nur da, stützte den Kopf in beide Hände und sagte gar nichts.

Der Alte wartete geduldig.

Plötzlich stürzten die Worte aus Kasem wie aus einem übersprudelnden Quell. Der alte Mann unterbrach ihn mit keinem Wort. Als Kasem erschöpft schwieg, zog er bedächtig an seiner Wasserpfeife und fragte ihn: »Willst du meine Meinung und meinen Rat hören?«

Kasem nickte.

»Du kannst nichts machen, nicht gegen die! Wen sie einmal in ihren Klauen haben, den geben sie nicht wieder heraus. Jeder Versuch, deinem Freund Hilfe zukommen zu lassen, wäre sinnlos. Sie würden auch dich eines Tages kriegen, und dann wärst du dran. So ist wenigstens eins sicher. Du wirst, mit Allah's Hilfe, überleben. Und er? Vielleicht. Inshallah!«

Der Alte stand auf, dehnte sich, klopfte Kasem auf die Schulter, legte den Arm um ihn, eine große Ehre, und kehrte mit ihm zu den anderen zurück.

Der Vorfall wurde nie mehr erwähnt.

Tagsüber gab es genug Arbeit, da war keine Zeit zum Nachdenken für Kasem.

Die quälenden Träume kamen nachts. Immer noch sah er den zerschundenen Körper Masuds vor sich. Oft glaubte er, die Schmerzen, die der Freund ertragen hatte, selbst zu spüren.

Er vergrub sich immer mehr in sich selbst.

Nur langsam wurde er wieder wie früher, denn der Alltag forderte den ganzen Mann, da blieb keine Zeit zum Grübeln.

Trotz der vielen Arbeit mit den Herden genoss Kasem die Tage im grünen Tal, kostete sie bis zur Neige aus.

Er erlebte diese Wochen wie im Traum.

Der beginnende Sommer nahm ihn gefangen: die flirrende Hitze, der Duft der wilden Bergblumen, das Rauschen des Flusses, auf dem Sonnenlichter tanzten und in dem die Forellen sprangen, die huschenden Eidechsen in ihren grünen Schuppenkleidern … Miriams wiegender Gang, das Brummeln des Alten und das helle, fröhliche Lachen von Zeenat, der immer Lustigen. Das alles schmolz zu einer Harmonie zusammen, die Sehnsucht in ihm aufkommen ließ, Sehnsucht, dass es nie enden möge.

Er hatte noch nie so frei geatmet.

Was hinter ihm lag, versank. Er hatte es in die hinterste Kammer seiner Erinnerungen verbannt. Er lebte im Jetzt – bewusst – mit ganzem Herzen und aller Liebe, deren er fähig war.

Jede freie Minute streifte er umher. Oft begleitet von Miriam. Gemeinsam genossen sie die herrlichen Sommertage.

»Die Stunden werden nie wiederkehren, doch sie werden mich ein Leben lang begleiten«, sagte Kasem versonnen. Lang ausgestreckt lag er in duftender Katzenminze.

Miriam, die Arme um die Knie geschlungen, saß neben ihm. Zwischen ihren blitzenden Zähnen wippte ein Stängel mit blauen Blüten auf und ab. Ihre Augen folgten zwei Adlern, die hoch oben in der klaren Luft ihre Kreise zogen.

»Die haben es gut«, seufzte sie, »die sind wirklich frei!« Sie sah ihn an.

Er richtete sich ein wenig auf: »Das sind wir ja auch«, tröstete er, »wenn auch in Grenzen. Es sind die Gesetze, gegen die wir nicht verstoßen dürfen. Wir würden uns und die, die wir lieben, unglücklich machen. Ich weiß, es ist schwer, sehr schwer …« Sein Kopf fiel zurück auf seine Arme. In seinen Augen stand Trauer. Sein Blick verschmolz mit dem tiefblauen Sommerhimmel.

»Aber Wünsche darf man doch haben?«, fragte sie leise, fast bittend.

»Wünsche?« Kasem stützte sich rücklings auf die Ellenbogen, legte den Kopf in den Nacken, schien dem Wort nachzulauschen und sagte träumerisch mit geschlossenen Augen:

> *»Wünsche*
> *sind wie*
> *Wind und Regen,*
> *steigen auf,*
> *stehen still,*
> *verwehen und*
> *verrinnen*
> *und*
> *bleiben Wünsche,*
> *unerfüllt.«*

»Unerfüllt«, wiederholte Miriam traurig, »warum?«

»Ja, warum?«, fragte auch Kasem resignierend, »ich weiß es nicht!«

Verzweifelt starrten beide vor sich hin. Miriams Augen brannten, sie hielt die Tränen zurück.

»Die Wochen im grünen Tal sind fast zu Ende«, sagte

sie leise. »Ich liebe diese Zeit und diesen Platz, seitdem ich denken kann, doch noch nie war es wie in diesem Jahr.«

»Wie ist es denn? Sag es mir.« Kasem drehte sich auf die Seite, stützte den Kopf in die Hand und schaute zu ihr auf.

»Ich weiß nicht, wie ich es beschreiben soll. Irgendwie ist es groß, schön, wunderbar! Vielleicht könnte man es ›Zeit der Wunder‹ nennen.«

Ihr Kopf sank in den Nacken, sie sah in den Himmel, schien nachzudenken und meinte dann versonnen: »Nicht Zeit, sondern ›Buch der Wunder‹! Jeden Tag blättern wir eine Seite um, und jede Seite zeigt uns neue Wunder: die Sonne, den Sternenhimmel, den beginnenden Sommer, die Hummeln, die Falter, die Lerchen, die Adler, und auch Regen und Wind. Und du«, sie holte ganz tief Luft, »du bist das größte Wunder für mich, das allergrößte …« Sie streckte ihre Hand aus und fuhr durch sein Haar.

Er griff danach, hielt sie fest, zog sie langsam über sein Gesicht und presste seine Lippen fest in die Mulde ihrer Hand, ließ sie los, sprang auf und lief mit weit ausholenden Schritten zur Herde.

Ungläubig starrte Miriam auf ihre Hand, hob sie zum Mund und berührte die Stelle seines Kusses zart mit ihren Lippen.

Es kam der Tag, an dem sie weiterziehen mussten. Fort vom grünen Paradies inmitten der Felsen.

Kasem stand zwischen den beiden steil aufragenden Felsen, die das Tor zum Westen hinaus aus dem Tal bildeten.

Die Sonne machte ihm den Abschied besonders schwer. Sie füllte das Tal mit ihrem warmen Schein, und das Gefunkel der Tropfen am Wasserfall sprühte wie ein Goldregen.

Kasem riss sich von dem Anblick los, drehte sich schnell um und lief den anderen nach, die mit den Herden schon weit voraus waren.

☙

Je näher sie der Grenze kamen, umso niedriger wurden die Hügel. Es gab viel Grünzeug für die Tiere, doch das war nicht so würzig wie die Kräuter im Hochgebirge.

Sie hielten sich fern von den Dörfern. Dorthin würden sie ziehen, wenn Kasem in Sicherheit war und sie sich auf dem Rückweg befanden.

Das letzte Lager bauten sie einen Tagesmarsch vor der Grenze auf.

Noch einmal besprachen sie alle Einzelheiten: Abbas, Miriam, Hassan und Zeenat kamen mit einem Teil der Herden mit bis zur Grenze, das würde keinen Argwohn erwecken. Zum eigentlichen Grenzübertritt wollte nur der Alte mitgehen.

Am letzten Abend richteten sie ein großes Kebabessen an. Der Alte spendierte eine Flasche Wodka, jeder sprach gute Wünsche aus für Kasem, wenn sie ihm zutranken.

Sie versuchten lustig zu sein, aber allen war weh ums Herz. Man gewöhnt sich aneinander in all den Wochen, allein mit den Herden.

Spät abends wusch Miriam noch das Geschirr am Fluss. Abbas, Kasem und Ashgar halfen ihr dabei, alberten aber mehr herum, denn Abwasch war eigentlich Frauensache, zu heikel für grobe Männerhände.

Zeenat und Zohra packten noch die Sachen für den nächsten Tag.

Und unten am Fluss geschah es dann: In einem unbeobachteten Augenblick küsste Kasem Miriams Hand. Verwirrt schaute sie ihn an, schüttelte bedauernd den Kopf.

»Ich weiß«, flüsterte er, »es kann nie sein, aber da drin«, er deutete auf sein Herz, »bist du, das kann mir keiner verbieten.« Er drehte sich um und lief den anderen nach.

Zärtlichkeit stand in Miriams Augen, dann verdunkelten sie sich. Sie brach in die Knie, schlug mit den Fäusten auf die Erde und schrie verzweifelt: »Warum nicht, warum?«, und wusste doch die Antwort. Es gab keinen Weg, der Kasem und sie zusammenführen konnte.

Und sie liebte ihn so. Hatte ihn vom ersten Augenblick an geliebt, diesen zerschundenen, fiebernden, wehrlosen Mann. Wie gerne würde sie bei ihm bleiben, mit ihm gehen – in ein anderes Land. Doch Kasem war kein Nomade! Nie würden sie zusammenkommen! Oh, diese uralten Gesetze der Sippe und des Landes. Warum gab es sie ...?

Langsam beruhigte sie sich, ihr Schluchzen verebbte. Sie kühlte sich das Gesicht mit Flusswasser und ging zum Lagerplatz.

Sie schliefen schon alle. Etwas abseits legte sich Miriam nieder, stützte ihr Gesicht auf die verschränkten Arme und ließ ihre Tränen fließen.

Vor Sonnenaufgang zogen sie los.

Immer wieder drehte sich Kasem um und winkte zurück, winkte auch Ashgar zu, den er in seiner Barschheit, in seiner Eifersucht ja verstehen konnte, und der später einmal Miriams Mann sein würde.

Was heißt später? – Bald! Nomadenmädchen heirateten jung. Und sie heirateten einen Nomaden! Ashgar war einer, und er war von der Sippe auserwählt, wie es das Gesetz verlangte.

Sie umgingen die Weinberge, die es dort gab, und tauchten dann in die Wälder ein, die sich zur Grenze hin ausdehnten.

Als sie den Wendepunkt erreichten, war die Sonne noch nicht untergegangen.

Der Alte hatte beschlossen, den Gang über die Grenze noch bei Tageslicht durchzuführen. Nachts wurde oft blindlings geschossen, das wollte er nicht riskieren. Kasem sollte sicher nach drüben kommen. Er vertraute den Soldaten, die die Jahre hindurch hier die Grenze bewachten, die schossen nicht so schnell wie die Revolutionswächter.

So hoffte er …

ع

Kasem verabschiedete sich von Abbas, Zeenat und Hassan, die mit der Herde umkehrten und sie langsam von der Grenze wegtrieben.

ع

Die Sonne begann in die westlichen Wälder zu sinken – es wurde Zeit!

Die Gefahr, dass Kasem einer Patrouille in die Arme laufen würde, bestand zu dieser Tageszeit kaum. Steine, hohes Gras, Büsche und Bäume boten gute Deckung.

Drüben musste Kasem nur westwärts wandern.

»Du wirst es schaffen!« Der Alte packte Kasems Hand, umarmte und küsste ihn auf beide Wangen und schob ihn, ehe er noch danke sagen konnte, mit einem »Inshallah!« von sich.

Miriam begleitete Kasem. Das fiel dem Alten erst später auf, doch da wagte er nicht mehr zu rufen, das hätte die Posten alarmiert.

»Gut, soll sie ihren Schützling begleiten«, murmelte er, lehnte sich gegen einen Baum und wartete.

Er konnte ein Stück den Waldweg einsehen. Jetzt verschwanden die beiden im Gehölz. Bald musste Miriam zurückkommen …

ﻉ

Unten, im Schutz der Bäume, riss Kasem Miriam an sich, bedeckte ihr Gesicht mit Küssen und flüsterte: »Ich liebe dich, ich liebe dich.«

Auch ihre Lippen wiederholten tonlos: »Ich liebe dich … ich liebe dich …«

Sie trat zurück, noch berührten sich ihre Fingerspitzen.

»Schlag sie zu, die letzte Seite von unserem ›Buch der Wunder‹, schlag sie ganz schnell zu«, sagte sie leise.

Er drehte sich um und ging mit großen Schritten hinein in das andere Land.

Miriams Hand erstickte ihren Schrei, ihre Hand sank nieder, fühlte die Kette an ihrem Hals.

»Kasem!«

Ihr schluchzender Ruf erreichte ihn. Er drehte sich um. Sie lief mit schnellen Schritten aus dem schützenden Wald auf den Grenzpfad zu, einen Arm mit der Kette weit vorgestreckt

Da fiel ein Schuss!

Fassungslos sah er, wie Miriam stürzte, noch einmal versuchte sie sich aufzurichten, dann brach sie zusammen.

Vorn auf dem Weg, weit vor ihr, lag die Kette mit den blauen Glasperlen. Für einen Augenblick sah Kasem sie noch leuchten, dann versank ihr Glanz in seinen Tränen.